我的老师是魔女！

1 魔力满满的校医室

〔日〕广岛玲子 著
〔日〕平井贵子 绘
张君蕊 译

北京科学技术出版社
100层童书馆

★目录★

花丸小学的校医室新来了一位老师。这位老师很年轻，个子不高，脸上有一对可爱的酒窝。

她的名字叫乙千代子。

千代子老师有些孩子气，虽说是老师，但更像孩子们的大姐姐。她性格温和，给人一种无论对她倾诉什么都没关系的感觉。

孩子们很快就喜欢上了这位新老师。

不过，千代子老师还有个特点，就是做事有点儿冒失。比如她总是记不住药品和创可贴放在哪里，还时不时会弄坏东西，把咖啡或茶弄洒也是常有的事。有时候，她还会大大咧咧地躺在校医室的病床上打盹儿呢。

忘了从什么时候起，花丸小学的孩子们开始叫她“冒失鬼老师”“马大哈老师”。

不过，大家都不知道，这位冒失鬼老师身上隐藏着一个巨大的秘密。

第
1
章

仓鼠的真实身份是……

“啊，好烫！”

在学校吃午餐时，伊莎娜刚喝了一口味噌汤，就小声叫了起来。

“啊，真是的，怎么又被烫到了？”

最近，伊莎娜似乎吃不了热乎乎的东西。可是她以前明明能狼吞虎咽地吃下一大碗热气腾腾的拉面的。

“我明明很小心啊。疼疼疼……不会是把舌头烫伤了吧？”

伊莎娜仔细看了看味噌汤。汤没有冒热气，看起来并不烫。她又偷偷地观察了一下其他同学，发现大家都大口喝着汤，没有人表现异常。

“嗯，果然只有我被烫到了……好痛啊！”

已经是五年级的学生了，吃饭却还是会烫到舌头，伊莎娜感到有些郁闷。舌尖火辣辣地疼，剩下的午餐也变得不好吃了。

我还特意把最爱吃的布丁留到了最后……早知道这样，真应该一开始就吃掉它。伊莎娜一边后悔地想着，一边闷闷不乐地消灭剩下的午餐。

吃完饭，该午休了。烫伤的地方还在疼，伊莎娜有些心烦意乱。

“啊，真是的！我受不了了！”

伊莎娜决定去校医室。她想找校医老师——也就是冒失鬼老师——要颗糖果。

冒失鬼老师很喜欢学生。她的白大褂口袋里总是装着各种各样的糖果，只要有人开口要，她就会给。这些糖果非常美味，吃了不仅可以减轻疼痛，还会让心情变好。

伊莎娜是个精力充沛、活泼好动的孩子，所以平时难免受伤。作为校医室的常客，她今天也像回到自己家一样推开了那里的门。

“您好！冒失鬼老师，您在吗？”

没有人回应，也看不到老师的身影，但伊莎娜并不意外。她很了解冒失鬼老师。这种时候，老师一定在里间的病床上睡大觉呢。

果然，病床被帘子围得严严实实的。

“喂！冒失鬼老师，快起来啦。我受伤了，快帮我处理一下。”

伊莎娜大声喊着，猛地拉开了床帘。

“咦？”

伊莎娜睁大了眼睛。

床上并不是冒失鬼老师，而是一只金褐色的小仓鼠——小到可以把它放进口袋里。此时，这只仓鼠正慌慌张张地挠着头，用人类的声音尖叫着：

“啊，不是吧，这不是真的吧?！怎么会变成这样?！我为什么会中了魔法？不行！冷静！没事的，千代子，没事的，你可是一个优秀的魔女。总之，不被师父知道就没问题。我要在被发现之前破解魔法，变回原来的样子……可是，我现在这个样子要怎么打开储物柜啊?！”

仓鼠自顾自地尖叫着，完全没有注意到伊莎娜。

这声音，这语气，最重要的是这慌张的样子……

伊莎娜终于回过神来，轻声问道：

“冒……冒失鬼老师？千代子老师？”

仓鼠终于注意到了伊莎娜，一下子愣住了。伊莎娜看着它那瞪得圆溜溜的眼睛，露出了然于胸的微笑。

“果然，您就是冒失鬼老师！”

“不，我不是。我是仓鼠！”

“仓鼠可不会说话，冒失鬼老师。”

“不……我不是！”

仓鼠觉得情况不妙，想要逃跑。但是，运动神经发达的伊莎娜怎么可能让它逃掉呢？转眼间，仓鼠便被抓住了。

“放开我！喂！快放开我！啊！不对！刚才的事不算！我什么都没说。我只是一只仓鼠！”

“再狡辩也没用了，冒失鬼老师！”

伊莎娜虽然看起来很镇定，但其实还沉浸在震惊当中。

“也就是说，冒失鬼老师其实是魔女，结果不小心给自己施了魔法，变成了一只仓鼠？”

“你……你凭什么说我是魔女？”

“刚才您自己滔滔不绝地都说出来了啊。光凭那些话，我就能猜出个大概了。”

“呜呜……”

仓鼠抱着脑袋呜咽起来。

伊莎娜觉得仓鼠不会再逃跑，就把它放回了床上。

“您真的是冒失鬼老师啊……我一直觉得您怪怪的，但没想到您竟然是魔女。”

“没错！我就是乙千代子，是个魔女！”

仓鼠破罐子破摔一般，终于承认了。

“您既然是魔女，为什么还要在校医室当老师呢？”

“哎呀，很多魔女都这么干。因为校医室会接待各种各样的孩子，不仅有受伤和生病的孩子，还有孤独的、有烦恼的孩子。对一个优秀的魔女来说，治愈这些孩子是非常重要的工作。所以，在这里当老师正适合我。”

“那么，在您之前的大岩老师也是魔女吗？”

“没错。准确来说，她是位大魔女，也是我的师父。她生气的时候，非常可怕。”

冒失鬼老师似乎非常害怕大岩老师，说着说着便开始浑身发抖。

“是吗？大岩老师看起来很温柔啊。”

“那都是表象！她其实特别特别可怕！话说回来，松谷同学你为什么会在这里？看你的样子也没有受伤，是肚子疼还是头疼？”

“现在才注意到，果然是冒失鬼老师。”

伊莎娜有些哭笑不得，告诉老师是自己的舌头被烫伤了。

“啊，舌头被烫伤的话，一定火辣辣地疼吧？桌子上的瓶子里装着平时给你们的糖果，你去拿几颗吃吧。”

“谢谢老师。”

伊莎娜打开瓶盖，抓起一颗糖果放进嘴里。她感到一股说不出的甘甜在口腔里扩散，舌头的痛感也渐渐消失了。

“我明白了，如果冒失鬼老师是魔女，那么这种糖果里就一定有魔法！”

“没错，这里面有一点儿康复魔法。”

“原来如此，难怪只要吃了它，疼痛就会消失，心情也会变好……这该不会是老师您自己做的吧？”

“当然啦。魔女学校的第一节课，就是学习制作康复糖果。学生只有做出好吃又有效的康复糖果，才能说自己是一个合格的魔女。”

冒失鬼老师得意扬扬地哼了一声，仿佛在说“快夸我”。

伊莎娜忍不住又拿了一颗糖果，问道：

“也就是说，您是一个优秀的魔女咯？”

“那当然。”

“那这么优秀的魔女，为什么会变成仓鼠呢？”

“呃……”

冒失鬼老师立刻变得垂头丧气。她一边扭捏地搓着双手，一边小声说道：

“我闲着没事，就想练习一下变身魔法。我本来想把那个枕头变成仓鼠，但不知道怎么回事，魔法反弹回来，击中了我。”

“您自己不能变回来吗？”

听了伊莎娜的话，仓鼠烦躁地挠了挠耳朵。

“如果可以的话，我早就变回来了！”

“啊，这样啊……”

“对自己施加的变身魔法，自己无法破解。这可是常识，《魔法基本法》的第十一条里写了呀。”

“是吗？我可不知道这种常识。”

“啊，我真是太失败了。施魔法失败了不说，还被学生知道了真实身份……要是被师父知道的话，估计我白天就不能在学校里使用魔法了……哎呀，怎么办，怎么办！”

“我觉得老师您别无选择，还是赶紧告诉大岩老师，请她帮您破解魔法比较好。大岩老师是您的师父，肯定比您更厉害吧？大岩老师能让您恢复原状吗？”

“当然可以，她能轻而易举地破解魔法。然后……她会像地狱的恶魔一样训斥我。啊，不要！这一点我是真的受不了！”

“害怕被训斥？您也太孩子气了吧。”

“那是因为你根本不知道师父有多可怕！如果这件事被师父发现了，我一定会遭受洗碗刷之刑。我会被师父变成洗碗刷，一整天都被用来刷锅底。不，也可能是扫帚之刑。但最恐怖的还不是这些，而是抹布之刑！我会被师父变成用来擦地板和厕所的抹布！你说，还有比这更可怕的惩罚吗？！”

“啊……确实很可怕。”

“既然这样，我只好使出撒手锏了。”

冒失鬼老师直勾勾地望着伊莎娜。明明是可爱的仓鼠模样，此刻却散发出令人胆寒的气场。

“松谷伊莎娜同学，我委托你破解我的魔法。”

“什么？冒失鬼老师，您的脑袋没事吧？”

冒失鬼老师不解地歪了歪头。

“为什么这么说？破解魔法难道不令人兴奋吗？可以使用魔法呢！”

“可是，我怎么可能使用魔法呢？我又不懂咒语。”

“的确如此。你是普通人，没有魔气。”

“魔气？那是什么？”

伊莎娜听到这个陌生的词，感到很困惑。

冒失鬼老师清了清嗓子，正色道：

“所谓魔气，就是魔法的本源能量。魔女和魔法师生来就拥有魔气。相反，完全没有魔气的人就是普通人。这是《魔法基本法》的第一条。”

“啊，好像在学习，真讨厌。”

伊莎娜皱起了眉头。她最不擅长学习之类的事情了。

但是，冒失鬼老师自顾自地继续往下说：

“一般来说，没有魔气的人无法使用魔法，当然也无法破解魔法。所以，这次我们要使用一项秘技，那就是捕捉魔物，收集魔气。”

听到“魔物”两个字，伊莎娜吓了一跳。

“魔……魔物？”

“没错。利用魔物的魔气可以操纵魔法锅，熬制破解魔法用的魔法汤。”

“什么？魔物不是可怕的东西吗？”

“要说可怕，也的确挺可怕的。”冒失鬼老师认真地点了点头，“魔物是由被污染的魔气聚集后形成的东西。它们会栖息在普通人身上，扭曲他们的性格，让他们做出违背本性的事情。魔物中也有非常凶恶的家伙。”

“天哪，好可怕……我们真的要去抓这种东西吗？”

“没错。魔物是魔气的集合体，所以作为能量来源再好不过。”

“您该不会想让我去抓魔物吧？”

“松谷同学，恭喜你，答对了！”

“这还是我第一次因为正确回答问题而高兴不起来。不行，这可不是在开玩笑！”伊莎娜气愤地反驳道，“根本不需要我做这种事情！您直接去拜托大岩老师，向她道歉，请她帮您恢复原状就好了。竟然还怕被骂什么的，冒失鬼老师，您太幼稚了！”

“随便你怎么说，反正我不想被骂！”仓鼠样子的冒失鬼老师哼了一声，“总之，你要帮我抓魔物。”

“我才不干呢！”

“啊，你想拒绝吗？但是已经晚了哟。刚才，我已经正式委托你了。我叫了你的名字，提出了请求，对吧？那是魔女的契约。”

“什么？！”

“你已经无法拒绝了。如果不听我的话，你也会慢慢变成仓鼠的。”

冒失鬼老师看着伊莎娜，露出狡黠的笑容。

“怎么样，现在你还要拒绝吗？”

“这根本就是威胁。您这样算什么好魔女！”

“嘿嘿，这叫足智多谋。好了，我们的时间不多了，先把我送到那边的储物柜前吧。对了，要轻一点儿，不要像刚才那样用力抓我。”

如果能见到大魔女大岩老师，我一定要把冒失鬼老师干的事全都告诉她。伊莎娜暗自发誓。

她不情愿地捧着冒失鬼老师走向储物柜。从外观看，那就是一个普通的储物柜，没有任何特别之处。

说不定里面放着魔女的道具。伊莎娜这样想着，打开了柜门。然而，里面只有水桶、抹布和扫帚，都是些再普通不过的清洁工具。

“冒失鬼老师，您想让我在这个储物柜里找什么呢？”

“请先把柜门关上。”

“真是麻烦。”

伊莎娜真想啪的一下甩上储物柜的门，但还是忍住了。

冒失鬼老师得意地笑了笑，然后对着储物柜小声说道：

“彩虹色的蝙蝠和暗夜般漆黑的狮子，加起来再一除，是星之猫。”

“您在说什么，奇奇怪怪的？”

“这是密码。来，再打开门看看。”

伊莎娜照做了。

下一秒，她惊呆了。

刚才还只有清洁工具的小储物柜里，现在竟然出现了一个宽敞的房间。

房间被各种实验器具、罐子和瓶子塞得满满当当的。墙上装饰着闪闪发光的水晶和用银币穿成的项链，天花板上则挂着一串串绿色、紫色和红色的药草。除此以外，房间里还放有用骨头做成的诡异玩偶和闪烁着星光的天体图。

还有书。里面靠墙壁的位置立着一个大书架，上面挨挨挤挤地摆放着许多古书。

没错，这里正是魔女的房间。

“太神奇了！简直太神奇了！”

伊莎娜终于忍不住惊叹起来，然后战战兢兢地走了进去。

房间里弥漫着奇异的气味，一会儿强烈得刺鼻，一会儿又变得甜香无比。

伊莎娜一边闻，一边四处张望。

“老师，这团紫色的东西是什么？还有，那个瓶子里闪闪发光的又是什么？”

“紫色的是魔法骆驼的粪便。那个瓶子里装的是星虫的卵。啊，别碰。这些可都是非常珍贵的材料。”

“老师，原来您真的是魔女啊！”

“这下你相信了吧。好了好了，别磨蹭啦，往里走吧。啊，不要碰周围的东西！”

冒失鬼老师催促着伊莎娜往房间深处走。那里有一口黑色的锅，大到可以用来洗澡。它被放在一个同样很大的壁炉里。

“啊，越来越像魔女的房间了。”

“这就是魔法锅。它不仅可以煮药，还可以熬制魔法汤。若是中了什么魔法或诅咒，只要跳进相应的魔法汤中就能破除。但是，这口锅只能用魔气制成的火焰加热。”

“这么说，身为人类的我连火都点不着？这不就意味着我根本不可能破解老师的魔法吗？”

“不不不。不要这么快就放弃，松谷同学。这个时候，魔气收集壶就派上用场了。”

冒失鬼老师指了指一个架子的上方。

那里放着一个圆形茶壶。它通体漆黑，看上去有些瘆人。

“茶壶？”

“这是一个可以提取出纯净魔气的茶壶。将魔物变成魔气球后放进这个壶中，就能得到一种特殊的茶。魔气不足的魔女喝了这种茶可以增强力量，而普通人喝了就能操纵魔法锅了。只要我指导你制茶、喝茶，你就可以给锅点火了。啊，对了，茶壶旁边还有副眼镜吧？”

“这个吗？”

伊莎娜拿起放在一旁的眼镜。与茶壶相比，这副眼镜看起来就正常而又普通多了。

“这个也是魔法道具吗，冒失鬼老师？”

“没错。这副眼镜被施加了很厉害的咒语，普通人戴上它就可以看到魔物。有了它，松谷同学就可以抓到魔物了。你赶快收集魔气，尽快帮我恢复原状吧。”

冒失鬼老师催促着伊莎娜，但伊莎娜很是为难。

“可是……魔物这种东西，应该很难找到吧？”

“也不难。它们其实就在我们身边，只是普通的人类看不见而已。松谷同学，就从你身上的魔物开始吧。”

“什么？”

“你身上栖息着魔物。”

伊莎娜慌忙戴上眼镜，飞奔到一面大镜子前。

“天哪！真的有！”

她从镜子里看到自己的肩膀上赫然趴着一只胖

乎乎的奇怪生物。

它有鸡蛋那么大，浑身像草莓一样红，还长着黑色的条纹。它的两只耳朵尖上各长着一根卷卷的毛，银白色的眼睛像月牙一样。它的身形和长相都很像猫，却有三条尾巴，每条尾巴都尖尖的，像矛一样。这小东西正咧着大嘴，露出邪恶的笑容。

伊莎娜吓了一跳，像被定在了原地一样不知所措。她想拍掉这只魔物，手却怎么也抬不起来。终于，她费力地挤出一丝声音：

“冒失鬼老师，这……这是什么？”

“这是猫舌，是一种很常见的魔物哟。”

“哦……”

这种鬼东西竟然很常见，开什么玩笑！

冒失鬼老师不知道伊莎娜的真实想法，继续滔滔不绝地说着：

“人被这种魔物栖身后，就不能吃烫的食物了，

还会经常烫伤口腔和舌头。松谷同学，你刚才不是说舌头被烫伤了吗？”

“对。对了，我是最近才变成这样的……这都是猫舌惹的祸吗？”

“没错。好了，你赶快抓住它吧。来，用手抓住它，然后大声说：‘猫舌，我找到你了！’”

“它不会咬我吧？”

“别担心，魔物无法直接攻击人体。所以，放心吧，用手抓住它。来吧，来吧，快点儿。”

“如果老师骗我，我就像拧抹布一样把老师拧成麻花。”

伊莎娜有点儿想哭，但还是战战兢兢地把手伸向猫舌。猫舌并没有逃跑，而是乖乖地躺倒在伊莎娜的手中。伊莎娜意外地发现，它像果冻一样柔软。

“哎呀，好恶心！”

“好了，快点儿说魔法咒语吧。我刚才不是告诉你了吗？”

“猫舌，我找到你了！——这是魔法咒语吗？”

谁知伊莎娜话音刚落，猫舌就啪的一声消失了。接着，伊莎娜的手中出现了一个像小弹珠一样的有着红黑条纹的小球。

冒失鬼老师夸道：“做得很好。”

“说出它的名字就等于揭露了它的真实身份，而被揭露真实身份的魔物是无法保持原形的。所以，它就变成了一团魔气。”

“这……这就是魔气吗？”

“是的，这就是猫舌的魔气。现在请你把它放入茶壶中。”

“哦。”

伊莎娜刚把小球放入茶壶中，茶壶就发出了一阵微弱的声响。接着，原本通体漆黑的茶壶上隐隐约约浮现出了银色的文字。

“啊，这是什么？”

“这就是魔气聚集的证明。魔气积攒得越多，茶壶上出现的魔法阵和咒语就会越多。”

“欸？”

“不过，这点儿魔气是不够的，我们还需要两只魔物。”

“这两只不会也要我去抓吧？”

“当然了，那还用说？”冒失鬼老师瞥了伊莎娜一眼，“你要不断抓捕魔物，收集魔气。世界上有各种各样的魔物，相信我们很快就能集齐。对了，我就破例把那本《魔物大辞典》借给你吧。你拿回去认真读一读，尽快认全魔物，记住它们的名字。啊，还有，打开那个抽屉，拿出里面的人偶。”

“人偶？”

伊莎娜打开抽屉一看，里面确实放着一个人偶，不过是用稻草做的。伊莎娜皱起了眉头。

“稻草人偶不会是用来诅咒别人的吧？老师，您怎么有这种东西？太过分了。”

“你这么说真失礼！你误会我了，松谷同学。这不是用来诅咒别人的。这可是魔女七大道具之一的替身人偶。魔女有时还要去参加临时召开的魔女大会，很忙的！这时，留下一个替身，就不会引起周围人的怀疑了。”

“这个稻草人偶就是老师您的替身吗？”

“是的。它的性能非常好，毕竟是名牌货，很贵的！而且与其说这是魔法，不如说是机关道具。所以即使我不能使用魔法，它也能正常运作。好了，现在把它扔到地上。”

伊莎娜乖乖地把稻草人偶扔到了地上。

瞬间，稻草人偶被烟雾包围，而下一秒，烟雾中就走出了身穿白大褂的“冒失鬼老师”。不论怎么看，它都和冒失鬼老师本人一模一样。

“啊，太神奇了！”

“嘿嘿，有了它，同学们受伤或生病时就不用担心找不到我了，我不在校医室的事也不会被发现，一举两得。”

“真好啊，我考试的时候也想要一个。”

伊莎娜一边嘟囔着，一边抱着仓鼠、魔法眼镜、《魔物大辞典》，和冒失鬼老师的替身一起走出了魔女的房间。随着砰的一声，储物柜的门关上了，她们又回到了校医室。

冒失鬼老师的替身马上坐到了桌前的椅子上，开始制作消毒脱脂棉。看着这一幕，伊莎娜心想：或许它比本人还要优秀！

“那么，老师您接下来打算怎么办呢？”

“我暂时躲在校医室里，好好休息一下。你明天再来这里，我们一起去寻找魔物。对了，尽量穿一件有大口袋的衣服来。”

“是为了把您放进口袋里一起行动，对吧？”

“没错。还有，今天晚上你要好好阅读《魔物大辞典》。否则，不知道魔物的真实身份，你即使看到了也抓不住。”

“唉，又是作业啊。”

伊莎娜无奈地耸了耸肩，但还是点了点头。

当天晚上，伊莎娜一页页翻阅着《魔物大辞典》。辞典的每一页都有一种魔物的图片、名字和它所拥有的魔气的介绍。

虽然看起来非常有趣，但魔物数量实在太多了，讨厌学习的伊莎娜很快就叫苦不迭。

“算了，明天和老师一起去找就好了。老师应该一眼就能识别出魔物的真实身份……唉，冒失鬼老师真是不干好事啊。”

不过说实话，伊莎娜还是挺感激冒失鬼老师的。

多亏了冒失鬼老师，我才赶走了栖息在自己身上的猫舌；也多亏了她，我今晚才能好好享用热腾腾的美味炖菜。

希望明天一天就能把需要的魔物都抓完。

伊莎娜一边想着，一边钻进了被窝。

猫舌

顾名思义，就是像猫咪一样的魔物，通体发红，长着黑色的条纹和三条尾巴。被它栖息的人食用或饮用热的东西时，它便会呼呼地吹气。食物或饮料接触到猫舌呼出的气体会瞬间变得更热，导致被栖息者的舌头被烫伤。这种疼痛和不适感正是猫舌最喜欢的东西。

第 2 章

潜伏在咖啡店里的东西……

第二天，伊莎娜戴上魔法眼镜，又将《魔物大辞典》塞进书包最里面，就去上学了。

因为戴着魔法眼镜，她能看到周围的人身上栖息着各种各样的奇怪生物：有的像紫色的雾，有的像翠绿的蛇，还有的像黑色的苹果……

“和冒失鬼老师说的一样，世界上真的到处都是魔物啊。”

机会难得，伊莎娜想要抓住这些魔物。

然而，她并不知道这些魔物的真实身份。她拿出辞典，匆忙翻阅，却无法立刻找到对应的信息。当伊莎娜还在忙乱地寻找时，那些被魔物栖息的人早已经走远了。

“果然，冒失鬼老师不在身边是不行的。”

伊莎娜放弃了自己抓住魔物的念头。她来到学校，在上课前先去了校医室。一推开门，她就看到了穿着白大褂的“冒失鬼老师”。

“早上好，松谷同学。你有什么事吗？”

“我想找真正的冒失鬼老师，不是替身老师。”

“真正的老师在这里。”替身老师打开了抽屉。

伊莎娜伸头一看，冒失鬼老师还是仓鼠模样，正抱着一块饼干津津有味地啃着。

“早上好，冒失鬼老师。”

“啊，早上好，松谷同学。咦，你已经戴上魔法眼镜了吗？你不会一直戴着吧？”

“啊，不可以吗？”

“不！不可以！”

冒失鬼老师慌慌张张地放下了饼干。

“这副眼镜，人类每天只能使用一小时。如果一直戴着，它很快就会失效，到了关键时刻就无法使用了，就像电池会用没电一样。”

“不会吧?！我已经戴了三十分钟了！”伊莎娜急忙摘下眼镜，“为什么一开始不告诉我?！”

“我一时疏忽了。毕竟，变成现在这副模样，我也很慌张嘛。对了，你戴上眼镜后，发现了什么吗？找到魔物了吗？”

“嗯，确实找到了。”

“那你抓住它了吧？干得漂亮。快打开储物柜，把魔气放入那个茶壶里吧！”

看着眼睛闪闪发光的冒失鬼老师，伊莎娜一言不发。

“怎么了？难道……你找到了魔物，却让它逃走了？不……不会吧?！”

“因为……因为我完全不知道那些魔物的真实身份嘛。”

“什么?!你怎么会不知道它们的真实身份……啊！这么说，你一定没有好好阅读《魔物大辞典》吧?!”

“那么厚的辞典，一个晚上怎么可能看完呢？”

“真是的！白白浪费了眼镜的力量，还放跑了魔物！不合格！你不是一个合格的魔女弟子，松谷同学！”

被狠狠责备后，伊莎娜生气地反驳道：

“我可没想着要做什么魔女弟子！再说，眼镜的事也不是我的错吧？冒失鬼老师，是您一开始没解释清楚！您真是太粗心了！不要这么盛气凌人，稍微反省一下自己吧！”

听完这些指责的话，冒失鬼老师没有辩解，而是沉默了。这下轮到伊莎娜惊慌失措了，她莫名感觉情况有些不对劲。

“那个……等一下，老师，您怎么了？没事吧？”

“好困……”

“啊？”

“不行了……我好像渐渐习惯了仓鼠的习性。仓鼠是夜行性动物，白天基本都在睡觉。”

“这是什么意思？什么是‘习惯了’？”

“魔女变成动物其实很危险……如果长时间以另一种形态存在，就会渐渐忘记自己是人类，最后彻底变成动物。”

伊莎娜吓得脖子上的汗毛都竖起来了。

“这也太可怕了吧！”

“是啊……所以你必须在三天之内用魔气填满茶壶，然后喝下用它制作的茶，给魔女的魔法锅点火。”

“我刚刚说什么来着，这种事情一开始就应该告诉我嘛！我可不知道还有时间限制！”

“我刚刚说了……”

“真是的！冒失鬼老师，您也太粗心了！”

伊莎娜很生气，但冒失鬼老师已经管不了这些，开始打瞌睡了。如果任由她这样睡下去，恐怕到晚上她都不会醒来。

“等一下，老师！不要睡！我今天不上课了，我们一起去找魔物吧！现在就去！”

“但是，我已经快睡着了……呼呼呼……”

仓鼠说着，打了一个大大的哈欠。它看起来真的很困。

“不行！快醒醒！”

“呼呼……”

“啊，真是的！”

伊莎娜挠了挠头。这时，她想到了一个好主意。

“嘿，老师，我觉得我一个人去找魔物肯定是不行的。我可以向朋友说明一下情况，请她帮忙吗？”

“啊？”

原本昏昏欲睡的冒失鬼老师瞬间睁大了眼睛。

“不，不行……我的秘密被你知道已经够糟糕了，不能再让其他孩子知道。”

“但是，继续拖下去就来不及了吧？您即使变成真正的仓鼠也没关系吗？”

“这……我不想……”

“对吧？那就赶快让我找个帮手吧。”

“……”

“没关系的，冒失鬼老师。多一个人知道也没什么区别，反正大家都知道您是个马大哈！”

“哎呀，你这么说太过分了……那你想和哪个朋友说？”

“千种。”

伊莎娜毫不犹豫地回答。

雪村千种是全年级最聪明的学生，考试总能拿到满分，学习能力相当惊人。但是她身体很弱，经常发烧，无法上体育课，与不善学习的运动健将伊莎娜截然相反。

但不可思议的是，这样两个完全不同的人竟然很合得来。伊莎娜完全信任千种，千种也完全信任伊莎娜。

“我觉得无论什么事情都可以和千种商量，而且她很聪明，一定能帮得上忙。”

冒失鬼老师沉思了一下。

“确实，如果是雪村千种同学，我也可以接受。没办法了，就请她帮忙吧。”

“那么，我可以告诉她您的秘密吗？”

“可以……”

冒失鬼老师点点头，然后像是撑不住了一样，一头栽倒下去，蜷缩起身子睡着了。这个睡姿和真正的仓鼠没什么两样，伊莎娜看着，感到忧心忡忡。

“果然，冒失鬼老师还是做一个人比较好啊……替身老师，请照顾好冒失鬼老师。”

“交给我吧。”

“谢谢，你真能干。”

说完，伊莎娜离开校医室，去了教室。

那么，该如何向千种坦白呢？即使说出真相，她也不一定相信。伊莎娜思来想去，就是想不到该怎么说。

另一边，千种似乎也在烦恼着什么。如果是平时，她一定会注意到伊莎娜时不时就瞟她一眼，然后问伊莎娜：“你有什么话想说吗？”但是今天，她有些心不在焉。

“难道千种也被魔物栖身了？”伊莎娜偷偷戴上眼镜，观察起千种。然而，她并未发现任何异常。

就这样，一晃就到了放学的时间。

放学后，正要回家的千种被伊莎娜拦住了。

“等一下，千种，我有件事要和你说。”

“什么事，伊莎娜？抱歉，我今天不能和你玩了。”

千种的话让伊莎娜感到惊讶。千种的说话方式虽然总是很独特，但是用这么生硬的语气说话还是第一次。这不像千种。

“发生什么事了吗？”

伊莎娜担心地问。千种突然低下了头。

“啊，没什么。不好意思，我只是有点儿烦躁。你想找我说什么？我会听你说的。”

“我想跟你说一个秘密。你能答应我，不告诉任何人吗？”

“伊莎娜有秘密还真是少见呢。好吧，我保证不告诉任何人。”

“我接下来要说的一切都是真的。无论我说什么，都希望你能相信。”

千种扑哧一声笑了。

“伊莎娜，你今天总是说些奇怪的话呢。你是我的朋友，我相信你。哪怕很难相信，我也会努力相信。”

“太好了。”

伊莎娜环顾四周，确认了教室里只有她们两个人后，深吸了一口气，说道：

“冒失鬼老师其实是个魔女。她施魔法的时候不小心把自己变成了一只仓鼠。我决定帮助她恢复原状，但我一个人力量不够，所以想请你帮忙。”

千种的眼睛睁得大大的，嘴巴也张得老大，显然被伊莎娜的话惊到了。看到这一幕，伊莎娜心想：这可能行不通。

“你果然还是不相信我吧？”

“不……”

千种缓缓摇了摇头。

“我只相信自己亲眼所见的。但我也知道，你不是一个会撒谎的人。所以，虽然难以置信，但我相信这是真的。”

“你……你相信我？！”

“但我必须亲眼看到才能真正相信。我想见一见冒失鬼老师，确认一下她是否真的变成了仓鼠。”

“好。那我们一起去校医室吧。”

两人来到校医室，一眼就看到了替身老师。千种疑惑地歪了歪头。

“怎么回事？冒失鬼老师明明在这里啊。”

“她不是真正的冒失鬼老师。替身老师，把真正的冒失鬼老师拿出来给千种看看吧。”

“好的。”

替身老师从抽屉中拿出真正的冒失鬼老师，递给两人。

千种仔细看了看蜷缩成一团睡得正香的仓鼠，轻声说道：“嗯……是仓鼠。不过看起来只是一只普通的仓鼠。”

“但是，这真的是冒失鬼老师！”

勤漱口

“除非你证明给我看，否则我是不会相信的。”

“好，我现在就证明给你看。冒失鬼老师，醒醒！我把千种带来了，您自己向她解释一下。快起来啊！”

然而，不管伊莎娜怎么戳它、扯它的胡子，仓鼠就是不醒来，反而越蜷越紧。

“这……只能这样了。”

伊莎娜想到一个好主意。她深吸一口气，大声喊道：

“老师！大魔女来了！您的师父来了！她来给您施抹布魔法了！”

“哎呀！”

果然，这招效果显著。

仓鼠一下子跳了起来，双手合十，低头求饶：

“师父！饶了我吧！我不是故意的！请不要把我变成抹布！我错了！这是梦吗？呜呜……太可

怕了……”

仓鼠迷迷糊糊地说完这些，很快又睡着了。

伊莎娜回头看向千种。

“怎么样？现在你相信我了吗？”

千种的表情有些僵硬，但还是点了点头。

“嗯，我相信了。刚刚不是腹语。我亲眼看到仓鼠跳起来，也听到了它说话的声音，而且那个声音我很熟悉，的确是冒失鬼老师的。”

“嗯。”

“伊莎娜，你能再详细讲讲吗？事情怎么会变成这样？接下来该怎么办？”

伊莎娜尽可能详细地向千种说明了情况，包括破解魔法的方法和时间限制，以及有关魔物的一切。

其中，千种对魔物尤其感兴趣。最后，她双手叉腰说道：

“原来如此。那么，如果发生了什么不寻常的事情，可能就是魔物在捣鬼。”

“嗯。我之前突然变得吃不了热的东西，就是因为一只叫猫舌的魔物。不骗你，抓住猫舌后，我就恢复正常了。”

“这样啊，真有意思。那副魔法眼镜，今天还能用多久？”

“二十到二十五分钟吧。”

“那……应该够用了。伊莎娜，和我一起回家吧，我们家说不定也有魔物。”

“什……什么？！”

“我们边走边说。走吧。”

“嗯，好。对了，替身老师，请把冒失鬼老师放回抽屉里吧。”

“好的。”

“谢谢。啊！等等！千种，等等我。”

千种快步朝家的方向走去。伊莎娜紧随其后，问道：

“等一下，千种！你说你家可能有魔物是什么意思？”

“我家不是开咖啡店的嘛——”

“嗯，你家的香蕉冰激凌是我最喜欢的！”

千种家的一楼装修成了一间时尚的咖啡店，以美味的甜点和各种特调咖啡而闻名，曾多次登上电视和杂志。店里总是顾客盈门，进店之后常常要等待三十分钟才能用餐。

千种点了点头，继续说：

“是啊。不是我自夸，我妈妈做的甜点是世界上最好吃的，不仅味道好，造型也很棒，顾客们都赞不绝口。我爸爸泡的可可和咖啡也非常好喝。”

“嗯，我非常同意。”

“但是，最近几天，我家的咖啡店突然就没有顾客光顾了。”

“不会吧？！”

这简直令人难以想象。

看着伊莎娜震惊的表情，千种一脸无奈。

“我们完全找不出原因。爸爸泡的咖啡和妈妈做的甜点还是那么美味，店里的氛围也和以前一样，可就是没有顾客来。我以为是有什么不好的传言，但也没有。唉，真的很奇怪。不过，听完你刚才的话，我就明白了——可能是魔物在捣鬼。”

“嗯，不然这么好的店不可能突然没有顾客来。”

“魔物捣鬼这种不可思议的事情居然真的会发生。幸好今天是休息日，我们可以自由地在店里调查。如果能找到魔物并消灭它，你就帮了我大忙了。”

千种的脸上既有期待，又有不安。

于是，两人带着准备大干一场的心情来到了千种家的咖啡店。

这家名为“地平线”的咖啡店有着白色的墙壁

和天蓝色的门窗，整家店看起来既清新又明亮。

然而，伊莎娜这次根本不想进去。

真奇怪啊，我为什么不想进去呢？明明这里的甜点和饮料都是我最喜欢的。以前每次来这里，我都兴奋得仿佛要进入另一个世界。

难道因为今天是休息日，店里才静悄悄的？不，似乎并非如此。

“里面肯定有魔物。”

“果然是这样吗？”

“嗯。我总觉得……不想进去。但对其他店就没有这种感觉。这不太对劲。”

听了伊莎娜的话，千种皱起了眉头。

“还是先进去看看吧。”

千种用钥匙打开门，两人走进店内。

在店内，伊莎娜越发感到不舒服。她很难用语言描述究竟哪里不舒服，只是确定自己不想待在这里，想尽快离开。

伊莎娜不安地看着千种。

“那……我们怎么办？用眼镜找找看吗？”

“先不要，今天眼镜发挥效力的时间应该所剩无几了吧？我不想浪费。我们先研究一下可能出现的魔物吧。让我看看《魔物大辞典》。”

“好。”

伊莎娜找出那本厚厚的《魔物大辞典》递给千种。

刚一翻开，千种的眼睛就亮了起来。

“这本辞典……真有趣！太吸引人了！我真想仔细读一读。”

“等等，之后再仔细读吧，别忘了我们的目的。”

“哎呀，我知道啦。”

千种带着略显遗憾的表情，一页接一页地快速翻着。她的眼睛以惊人的速度扫过文字，即使伊莎娜竭尽全力也跟不上。

最终，千种的手停在了某一页上。

“也许是这个家伙。”

“找到了吗？”

“嗯。”

伊莎娜看向千种手指的地方。

页面上画着一只像鸟一样的魔物。它浑身长着蓬松的灰色绒毛，看上去就像一个灰尘球。那毒蛇般的眼睛和弯曲的长喙让它看起来阴森森的。

伊莎娜大声念出图片下面的名字：

“门可罗雀？”

“这种魔物好像喜欢栖息在成功的商人身上，或躲藏在生意兴隆的店铺里。这家伙一叫，顾客就不来了，生意就会变差。”

“天哪，太糟糕了！它简直比猫舌还可怕！”

“如果我们家店里真的有魔物栖息，我想应该就是它。”

“那我们马上去找找看吧。”

当伊莎娜准备戴上眼镜时，千种热切地请求道：

“让我来吧。我特别想亲眼见识一下魔物。而且，我想亲手抓住那个给我们家店添麻烦的家伙。”

“好，给你。魔物伤不了人，如果找到了，直接抓住它就行。”

“然后呢？我只要说‘门可罗雀，我找到你了’就可以了吗？”

“对。这样它就会变成一团魔气。”

“好。”

千种戴上眼镜，四处寻找起来。她查看了摆放着咖啡豆和杯子的架子，还检查了桌子下面。

走到一个大花盆的背面时，她突然停住了。

“找到了……”

“真的吗？”

“嗯。就是门可罗雀，不会有错。”

伊莎娜看向千种所看的地方，但由于没戴魔法眼镜，她什么也没看到。

“真的在那里吗？”

“是的。它躲在花盆的阴影下……啊，它开始叫了！伊莎娜，你能听到这个声音吗？”

“不能，我什么也没听到。”

“原来如此。没戴眼镜的话，连声音也听不到……这个声音真难听，听了之后感觉非常沮丧。我得快点儿抓住它，让它闭嘴。啊！它飞走了！等等，别跑！”

千种手忙脚乱地追赶门可罗雀，在店内来回奔跑。但由于体力不支，不一会儿，她就气喘吁吁，瘫在了地上。

千种喘着粗气，摘下眼镜递给伊莎娜。

“抱歉，伊莎娜，还是交给你吧。”

“你的耐力还是一如既往地差啊。没关系，交给我吧！”

“好，拜托了。”

伊莎娜戴上眼镜，魔物立刻现身了。

果然是门可罗雀。它一边发出让人胸闷的阴沉叫声，一边跑来跑去。别看它外表像个不起眼的灰尘球，行动却相当敏捷。

不过，门可罗雀并不是伊莎娜的对手。伊莎娜瞅准时机，像猫一样扑上去，成功抓住了门可罗雀。它的羽毛摸起来硬邦邦的，抓着它就像抓着一块干燥的海绵。

“太好了！抓到它了！”

“真的吗？太棒了，伊莎娜！为了表示感谢，我要请你吃我妈妈最拿手的焦糖松饼。”

“真的吗？我太开心了！喂，喂，别乱动！”

“快念咒语吧。”

“好。门可罗雀，我找到你了！”

转眼间，门可罗雀就变成了一个小球。和上次的猫舌魔气球不同，这次的小球是灰色的。

但是，令人惊讶的事情发生了。

在变成魔气的最后一刻，门可罗雀突然射出了一团便便。便便落在了伊莎娜的脚上，留下了一摊黏糊糊的紫色污渍。

“哎呀！”

“怎么了？”

“便便！门可罗雀的便便掉在了我的脚上！啊，好恶心！”

“便便？等一下，好像辞典里提到过……”

在伊莎娜用纸巾擦脚的时候，千种重新翻阅了《魔物大辞典》。

“这里写了……”

“写了什么？”

“嗯……门可罗雀被逼到绝境时，就会排便。接触到便便的人在一段时间内都无法消除门可罗雀的气味，还会给去过的店铺和房屋带来霉运。”

千种有些同情地看向伊莎娜。

“抱歉，伊莎娜，你暂时不能进入我们家店了。好不容易才捉住门可罗雀，如果你进来，顾客又会不来了。”

“什……什么？！那焦糖松饼呢？”

“下次吧。”

“啊啊啊！”

伊莎娜绝望的喊声响彻整个咖啡店。

门可罗雀

喜欢栖息在成功的商人身上或躲藏在生意兴隆的店铺里的魔物。通过发出阴沉的叫声赶走顾客，使店铺变得冷清。如果店铺无缘无故变得冷清，首先要考虑是否被这种魔物入侵。此外，门可罗雀被逼到绝境时，就会排便。接触到便便的人在一段时间内都无法消除门可罗雀的气味，还会给去过的店铺和房屋带来霉运。请务必注意，千万别接触到门可罗雀的便便。

第3章

如果失去了好运气……

第二天早上，伊莎娜一脸不悦地去了学校。她还在为昨天没吃到焦糖松饼而耿耿于怀。

“我根本就不该接受这种委托，现在可好，我逛不了商店了……居然还沾到了魔物的便便，实在太恶心了。我现在的心情糟透了！”

伊莎娜喃喃自语着来到学校，之后径直前往校医室，却没想到在校医室的门口遇到了千种。

“啊，千种！你也来了？”

“当然啦，我还没有见过蓄满魔气的茶壶呢。还有储物柜里的魔女房间，我也很想看看。啊，对了，《魔物大辞典》超级有趣！我通宵读完了！”

千种说着从书包里拿出了辞典，眼睛闪闪发光。

昨天，消灭了门可罗雀后，千种提出想借《魔物大辞典》看看。

“反正你也不打算看，借给我看看可以吗？这样一来，我们就更容易知道世界上有哪些魔物，以及哪些人会被魔物栖身了。”

“那太好了！拜托你了！”

伊莎娜开心地把《魔物大辞典》交给了千种。

没想到她居然通宵读完了。

伊莎娜看着笑眯眯的千种，惊讶地问：

“你……你全都读完了？那么厚的书？”

“嗯。太有趣了，我忍不住看完了。”

“天哪，真是难以置信。”

“这有什么，要是每天读的都是这种书，我也想变成魔女了……我来是想问问冒失鬼老师，能不能再向她借一些有关魔女的书。”

“走，我们去问问。”

两人一边聊着天，一边走进校医室。

“早上好，替身老师。请问冒失鬼老师在哪儿？”

“在这儿呢。”

替身老师从桌子下面拿出一个大玻璃瓶，里面装着半瓶葵花子，葵花子上趴着一个模样奇怪的生物。

它看起来像仓鼠，但它的嘴巴两侧鼓鼓囊囊的，脸颊几乎是一般仓鼠的两倍。

伊莎娜惊讶地扑向玻璃瓶。

“冒……冒失鬼老师？真的假的？天哪！发生了什么？！”

“冷静点儿，伊莎娜。”

“可……可是，怎么会变成这样？！是魔法的原因吗？是因为我拖拖拉拉，老师才变成这样的吗？”

“不是的。这很可能是颊囊。”

“嗯？什……什么？”

看着一脸茫然的伊莎娜，千种平静地解释道：

“仓鼠有一个器官叫颊囊，就在嘴的两边，像大口袋一样，可以用来储存食物。”

“是吗？”

但要装多少东西进去，颊囊才会变成这个样子？

更令人惊讶的是，即使颊囊已经这么鼓了，仓鼠还在不停地把葵花子往嘴里塞。它全神贯注地忙活着，似乎没有注意到伊莎娜她们。

看到冒失鬼老师如此悠闲，伊莎娜感到十分愤怒。她把手伸进瓶子里，把冒失鬼老师抓了出来。

“喂，冒失鬼老师！您要吃到什么时候！就算颊囊再能装，这样下去也会爆炸吧？”

仓鼠被人抓着晃动身体，不由得好奇地看着伊莎娜。

“啾？”

“冒失鬼老师？”

突然，仓鼠像回过神来似的，眨了眨眼睛。

“啊，哎呀，我有点儿恍惚了。早上好，松谷同学。你什么时候来的？”

“我从刚才起就一直在这里！”

“啊，是吗？”

“老师，您为什么要把这么多葵花子放在颊囊里啊？”

“啊？哎呀，身体好沉，这是怎么回事……我记得我昨天晚上突然很想吃葵花子，就让替身老师去买了些……但之后发生了什么，我记不清了。”

“老师……”伊莎娜咽了口唾沫，“虽然我不想这么说，但您看起来真的好像一只真正的仓鼠。”

“啊——哼！”冒失鬼老师两爪叉腰，“我居然这么快就适应了当仓鼠，这可不妙啊。按理说，算上今天应该还有两天的缓冲时间……怎么说呢，或许我有当仓鼠的潜质。”

“别开这么可怕的玩笑。”

“我可没开玩笑。”

“那就更可怕了。”

伊莎娜的脸色变得苍白。

这时，千种插嘴道：

“也就是说，我们没有多少时间了。最好今天就能抓住第三只魔物。”

“咦，雪村同学也在啊？”冒失鬼老师终于发现了千种，随后又眨眨眼睛看向伊莎娜，“对了，你说过要把事情告诉雪村同学……”

“没错。多亏了千种，我昨天才抓到一只魔物。她还读完了《魔物大辞典》。和老师不一样，千种是个很强的帮手，告诉她真是个明智的选择。”

“你是不是在讽刺我？”

“我才没有呢。”

伊莎娜一边装傻，一边走向储物柜。

“那个，密码是什么来着？”

“彩虹色的蝙蝠和暗夜般漆黑的狮子，加起来再一除，是星之猫。”

“这种密码，一次怎么能记得住呢？”

伊莎娜抱怨着，千种则歪了歪头。

“是吗？我倒觉得很好记。”

“那是因为你比一般人聪明！”

总之，储物柜变成了通往魔女房间的入口。

果不其然，进入魔女房间的千种一看到书架上的书就入了迷。

“全是我没见过的书！啊，太棒了！我愿意在这里待一辈子！”

“哈哈哈！这些都是我的家族代代传承下来的珍贵魔法书。不错吧？”

“冒失鬼老师，这本闪闪发光的书是什么？”

“这本书里记载着各种火焰魔法的咒语，据说是古时候的巨龙用绿色火焰写成的。啊，不要直接用手触摸。如果不戴特殊的手套，手就会被烧伤的。”

“太厉害了！”

“哈哈，能理解这本书的价值，不愧是雪村同学。那我就破例给你看看《魔法之书》吧！”

“《魔法之书》？”

“这是每个魔女必备的书哟，被称为‘魔女的教科书’，里面记载了基本的咒语和规则。你想看吗？”

“想看，想看！”

千种和冒失鬼老师兴高采烈地看起了书。伊莎娜对书不感兴趣，站在一旁耸了耸肩。

“这到底哪里有趣啊？真搞不懂。”

趁着还没忘，伊莎娜想把门可罗雀的魔气球倒进茶壶里。但她一不小心把魔气球掉在了地上。

“啊，糟糕。”

伊莎娜慌忙去捡，却被绊了一下。接着，她踩到了掉落的魔气球。

咔嚓！

一声轻响在房间内响起。

伊莎娜战战兢兢地抬起脚，看到魔气球碎成了小块，而且，那些小碎块正渐渐消失。

“不是吧?!不要啊！”

伊莎娜想将小碎块捡起来放进茶壶中，但她的手还没碰到小碎块，它们就完全消失了。

伊莎娜呆立了一会儿，悄悄回头看去，只见冒失鬼老师和千种都目瞪口呆地看着她。

“伊莎娜……你做了什么？”

“松谷同学……我不敢相信……”

“对不起！对不起！”

“我简直不敢相信，都到这一步了，你怎么还能犯这种错误?!我从来都没有犯过这种错误！”

“呜呜……这是我听过的最伤人的话了。”

千种则柔声安慰垂头丧气的伊莎娜：

“好啦，失去的东西已经无法挽回。不过没关系，从现在开始我也来帮忙，我们一定可以比之前更快收集到魔气。”

“千种，谢谢你。”

听到千种温柔的话语，伊莎娜感激得几乎要哭出来了，冒失鬼老师也勉强点了点头。

“是啊，谁都会犯错误的。哎呀，哎呀，别这么难过了，毕竟现在有雪村同学帮你了。有体力，也有智慧，你们就没有什么好怕的！所以，你们两个加油吧！而这段时间，我会在这里做个实验，看看我的颊囊到底能装多少葵花子。”

冒失鬼老师把麻烦事都推给伊莎娜和千种，自己则一副事不关己的样子。仓鼠露出可爱的表情，挥挥前爪向两人告别，这模样真是可恨。

伊莎娜咬牙切齿，看向千种，说：

“这个冒失鬼老师，就算踩它一脚，也不会有什么后果吧？”

“还是算了吧。看到一只被踩扁的仓鼠，你也不会感到开心呀。反正老师也帮不上什么忙……对了，要不我们找替身老师来帮忙吧。”

“啊，这个主意不错！替身老师比本人还要优秀——那冒失鬼老师，您把替身老师借给我们吧！”

仓鼠生气地看着伊莎娜和千种。

“你这话真没礼貌……很不巧，替身人偶不能使用魔法。虽然它拥有我的知识，知道如何使用草药和魔法工具，但它并不能自主使用，也找不到魔物。”

“这太让人失望了。”

“真的，这可能是我最失望的一次了。”

“你们两个……我真的有点儿生气了。”

就在这时，预备铃响了，伊莎娜和千种赶紧离开校医室，回教室去了。

尽管早晨发生了这么多事，但伊莎娜很快就恢复了精力。

失去门可罗雀的魔气对她来说是一个巨大的打击，但不管怎样，现在她有了千种这个厉害的帮手。而且，她还有魔法眼镜。昨天早晨去学校的路上，她就看到了那么多魔物，今天肯定也能找到，说不定同学们的身上就有不少。

“我很快就会找到魔物的！”

伊莎娜气呼呼地嘟囔着。

每到课间休息，她就戴上魔法眼镜，和千种一起在学校里走来走去。

然而这一天，伊莎娜无论做什么都不顺利。她确实看到了一些魔物，但它们全都奇形怪状，很难用语言描述。她花了很长时间才向千种描述出这些魔物的特征，结果魔物全都趁机溜走了。

为了不让魔物逃走，她急忙追赶，结果不是不小心踩到了千种的脚，就是在走廊的拐角处撞倒了低年级的学生，吓得他们哇哇大哭。

伊莎娜的奇怪行径还被一向严厉的教导主任发现了。教导主任板着脸对她说：“休息时间快结束了，回你们班教室去！”

这一连串的混乱事件过后，魔法眼镜今天的使用时间没有了，接下来什么都看不到了，今天的魔物抓捕行动也没戏了。

然而，发生在伊莎娜身上的倒霉事还远不止这几件……

伊莎娜在让她头疼的数学课和科学课上被老师点了好几次名；午餐时，一只金龟子飞进了她的味噌汤里，让她一口也喝不下去；手工课上，她不小心被雕刻刀划破了手指；她甚至还在擅长的体育课上没接住传球，被篮球重重地砸了脸……

“怎么回事啊?！我今天真是太倒霉了！”

伊莎娜流着鼻血大喊道，千种赶紧把她拖往校医室。

“你今天接二连三地倒霉，实在是匪夷所思……不过，我可能有点儿头绪……”

“真的吗？是什么？”

“见了冒失鬼老师再说。”

校医室里，变成仓鼠的冒失鬼老师正幸福地睡在一堆葵花子上。仓鼠的颊囊鼓鼓的，仿佛马上就要爆炸了。

在替身老师处理伊莎娜的鼻血和脸部擦伤时，千种叫醒了冒失鬼老师，飞速问道：

“老师，沾到门可罗雀的便便就会变得倒霉吗？”

“嗯？门可罗雀的……便……便便？”

冒失鬼老师猛地睁开了睡眼。

“是谁沾到了便便，雪村同学吗？”

“不是我，是伊莎娜。”

“哎呀，那太糟糕了。”

“这么说，真的会变得倒霉吗？”

“嗯，就像你猜想的那样，沾到门可罗雀便便的人会在一段时间内变得很倒霉。真倒霉啊，松谷同学。让我来帮帮你吧——霉运退散！”

“霉运退散？这是什么？”

“这是去除晦气的咒语。不过，它对门可罗雀的便便无效，哈哈哈……”

“老师，您还笑！”

伊莎娜涨红了脸大声喊道，结果快要止住的鼻血又流了出来。她慌忙捏住鼻子。

“那我还要倒霉多久？”

“嗯，大概一周后就好了。”

“开什么玩笑？！今天已经够惨了，一周让我怎么熬啊？！”

伊莎娜尖叫道，千种也变得严肃起来。

“老师，这不是在开玩笑，我们必须尽快破除伊莎娜的霉运，仅凭我一个人是无法抓到魔物的。老师，您也只剩明天一天时间了。”

冒失鬼老师眨了眨眼睛，正色道：

“对对对，现在不是笑的时候。如果不赶快让松谷同学恢复正常，我可就麻烦了。”

“太过分了！老师，您怎么能只考虑自己？！”

“松谷同学，请你安静一会儿，我正在思考该怎么办呢。况且，你再这样激动，鼻血永远也止不住哟。”

“哼！”

伊莎娜不情愿地闭上了嘴。

思考片刻后，冒失鬼老师抬起头，脸上露出坚定的表情。

“对，就是这个办法。吃点儿幸运苹果吧。”

“幸运苹果？”

“现在，赶快进储物柜去。你们两个，快点儿，快点儿。”

拜托替身老师看守校医室后，冒失鬼老师、伊莎娜和千种相继进入了魔女的房间。

按照冒失鬼老师的指示，伊莎娜和千种打开了写着“零食”的柜门。本以为里面会放着饼干或糖果，没想到却是一个大花盆。

“花盆？”

“对，它可以用来种幸运苹果和发财草莓。快把它放到那边的桌子上，轻一点儿。”

“伊莎娜，你来，我干不了重活。”

“我还受伤了呢。”

“你的鼻血已经止住了。再说了，这点儿小伤对你来说根本不算什么。对吧，老师？”

“我也这么认为。松谷同学的康复能力和体力绝不是一般人能比的。”

“哼，你们俩就是想让我干活！”

伊莎娜虽然很生气，但还是按照冒失鬼老师说的，把花盆搬到了桌子上。这时，她注意到一件事。

“啊，这个花盆长手了！”

只见花盆的两侧突然各伸出一条细长的手臂，手臂末端的大手上各戴着一只白色手套。看到这种景象，伊莎娜和千种都呆若木鸡，冒失鬼老师则不以为意。

“有什么好惊讶的？这是用来育苗的花盆，当然得有手啦。”

“老师，您要知道，魔女的常识对人类来说就不是常识了。”

千种的话被冒失鬼老师当成了耳旁风，它继续说道：

“你们应该不知道，幸运苹果在魔女之中可是相当有名的，吃了可以提升运气，所以它非常受年轻魔女的欢迎。不过，它对相亲之类的事情无效。啊，之前我真的很想接近一个帅气的魔法师，所以在找他之前吃了二十个幸运苹果，结果一点儿用都没有，太惨了……”

“我们不需要知道后面这些信息，冒失鬼老师。”

“对啊，相亲什么的无所谓啦，我只想知道我的霉运会不会消失。”

“喀喀，没问题。吃了幸运苹果后，门可罗雀便便带来的霉运就会彻底远离你。我们现在就开始种植吧。”

看着空空如也的花盆，伊莎娜心中升起一股不祥的预感。花盆里虽然填满了土，却没有一株幼苗或嫩芽。

“难道要从种子开始种植吗？这要花好多天吧！”

“啧啧啧，你太天真了。如果操作得当，不到三十分钟就能吃到成熟的幸运苹果。”

“真的吗？”

“嗯。方法很简单，先把种子种在土里，然后把表示吉祥和谢意的物品递给花盆的手就可以了。对了，种子就放在那个绿色的小盒子里。拿出一粒，放进土里。”

伊莎娜和千种半信半疑地打开了小盒子的盖子，里面果真装满了小小的苹果种子。

“看起来就像普通的苹果种子。”

“是啊。”

但是，就在她们把种子种进土里的时候，花盆的两只手开始摆动起来。它们不断地握紧、张开，仿佛在索求什么。

冒失鬼老师满意地点了点头。

“很好，很好。现在把桌子下面的那个大箱子拿出来。”

这个箱子里装满了奇怪的东西：人形的根须、装着水的小瓶子、用白色石头珠子穿成的手链……还有好几枚金色的鳞片。

“这些都是什么？”

“哈哈哈，这是我为幸运苹果准备的幸运收藏品。那个根须是曼陀罗草，虽然已经干枯，不能再挤出汁液，但是佩戴在身上可以当作护身符。小瓶子里装的是神社的圣洁之水，白色手链是爱情护身符。”

“那这些鳞片是什么？”

“是庆祝用的鲷鱼鳞片。你先拿一枚鳞片放到花盆的手里吧。”

伊莎娜小心翼翼地把鳞片递给花盆的手，结果鳞片瞬间变成了一个大水壶。水壶中盛满了水，花盆的手将水洒向自己的土壤。

嘭的一声轻响，一株小小的绿芽迅速冒了出来。

“很好，很好。快，继续给它递幸运收藏品。”

“嗯嗯，千种也来帮忙吧。”

“好……好的。”

伊莎娜和千种一边将箱子里的幸运物品逐一递给花盆的手，一边惊讶地看着它的操作。

在花盆的手中，这些幸运物品一个接一个地变成了各种工具，有修剪枝叶的剪刀和装满肥料的袋子，甚至还有一个小太阳照射嫩芽。

多亏了这些幸运收藏品变成的工具，嫩芽迅速长大，很快就长成了一棵纤细的小树。小树伸展出枝条，长出茂密的叶子……

眨眼间，小树就长得和伊莎娜她们一样高了。

树上很快开满了白色的花朵，又很快结出一颗颗小小的果实。看着果实不断变大、变色，伊莎娜和千种兴奋不已。

然而，当她们递上最后一条手链时，奇怪的事情发生了：花盆的手突然变得软绵绵的，无力地垂了下来。可它们刚才明明看起来还很开心，刚才明明还很有活力地照顾着小树。

由于照顾小树的手无法动弹，小树很快开始枯萎了。叶子逐渐干枯，好不容易长成的果实也开始萎缩。

“这是怎么回事？太奇怪了！”

“啊，真的很奇怪。冒失鬼老师，这不对劲！”

两人大喊大叫的同时，原本昏昏欲睡的冒失鬼老师也跳了起来。

“糟糕，我想起来了，手链不是幸运物品，而是完全没有用的劣质商品！喂，你们两个，别把手链给它！千万别给！”

“来不及了！我们已经给了！”

“不——！你们怎么回事？”

“不是老师说要我们都递给它的吗？这不是我们的错！”

“你是说这都是我的错咯？”

“当然！”

就在冒失鬼老师和伊莎娜争吵之际，千种插了一句：

“你们先别吵了！老师，这棵树快枯萎了！现在最重要的是想想怎么办！”

“那个……实际上，如果我们能继续给它幸运物品就好了。但现在没有剩余的幸运物品了……唉，怎么办……”

看着不知所措的冒失鬼老师，连千种也快要失去耐心了。

这时，伊莎娜突然冲了出去。

“伊莎娜，你要去哪里？”

“我突然想到了一个办法！千种，你留在这里！”

伊莎娜说完便跑出了魔女的房间。她冲出校医室，直奔教室。同学们还在上体育课，教室现在空无一人。伊莎娜从自己的书包中取出一样东西，然后又跑回校医室。

“伊莎娜回来了！”

“你去哪里了，松谷同学？”

伊莎娜来不及解释，直接跑到花盆边。小树已经变得十分虚弱，就快要枯死了，褪了色的叶子纷纷飘落。

“拜托你振作起来！”

伊莎娜祈祷着，将拿来的东西塞到花盆的手中。

下一秒，在一旁观望的千种和冒失鬼老师都睁大了眼睛。原本失去力量的手突然恢复了活力，重新开始照顾小树了！当然，小树也很快恢复了生机。

“松谷同学，你做了什么？”

“哈哈哈，我把保佑交通安全的护身符给了它。护身符也属于幸运物品，我想可能有用。”

“伊莎娜，亏你能想到！”

“松谷同学，你太棒了！原来你不只有运动神经啊！老师很感动！”

“等等！这话是什么意思？”

就在伊莎娜抬起头时，不知什么地方突然绽放出耀眼的光芒。

仔细一看，原来是树上的果实在闪闪发光。那是一些美丽的金色苹果。

“这就是幸运苹果。”

“真漂亮……冒失鬼老师，这个可以吃了吗？”千种不禁感叹道。

“啊，对了，老师，吃几个可以消除门可罗雀的便便带来的霉运？”这是伊莎娜更关心的问题。

“吃一个就足够了。来，试试看。”

“好的！”

伊莎娜立刻摘下一个苹果。摘下的瞬间，她大吃一惊，因为这个苹果虽然只有核桃大小，却十分有分量，拿在手里沉甸甸的。

她没有削皮，直接将苹果扔进了嘴里。

一口咬下去，苹果就爆开了。充盈口腔的汁水顺着伊莎娜的喉咙流下，苹果特有的清新又浓郁的芳香仿佛渗透了她的全身，让她感到无与伦比的香甜。

美味的苹果让伊莎娜感到无比幸福，沾到门可罗雀便便带来的霉运，还有今天所有失败和倒霉引起的不快，似乎都消失了。

伊莎娜吐出果核，长舒了一口气。

“老师……我感觉好幸福。”

“是的，是的。现在一切都正常了。你们把剩下的苹果也摘下来吧，我要留着当零食吃。”

“难道冒失鬼老师经常吃幸运苹果吗？”

“当然了，我几乎每天都吃。啊，对了，这次把幸运物品用完了，我得再收集一些，下次育苗时使用。我得小心点儿，不能再混入劣质商品了。”

“……”

“怎么了？你们俩的表情是什么意思？”

“没什么，只是觉得您真厉害……”

“是啊，吃了幸运苹果还总干蠢事，真是让人难以置信，冒失鬼老师。”

“嘿嘿，不用夸我。”

“我们不是在夸您！”

“什么嘛！你们两个倒也不用异口同声！”

“伊莎娜，我们差不多该回去上课了。”

“对，冒失鬼老师，我们要走了。眼镜今天的效力用完了，我们明天再去找魔物。”

“哼！敢无视我，真是傲慢！”

告别了大声抱怨的冒失鬼老师，伊莎娜和千种回到了体育馆。走廊上，伊莎娜一脸兴奋地对千种说道：

“嘿，吃了幸运苹果，我会不会变成幸运体质啊？接下来会不会好运连连？”

“我觉得不太可能。幸运苹果的功效应该只是抵消了门可罗雀便便的影响。”

“真是的。我都已经经历那么多倒霉的事了，就不能有点儿好事回馈吗？”

虽然有些不满，但总的来说，伊莎娜还是感到很幸福，因为幸运苹果带来的幸福感仍然弥漫在她的身体里。

反正吃到了好吃的东西，我就不计较了吧。

伊莎娜轻轻打开手掌，里面有一颗小小的黑色种子，是刚才她吃下去的幸运苹果的种子。

我要把它种在家里的花园中。我没有魔法花盆，它可能结不出幸运苹果。但如果它能发芽，长成小树，结出普通的苹果，那也很棒。

这样想着，伊莎娜再次握紧那颗种子。

种植花盆

一种长着两只手的魔法道具，非常能干，可以培育幸运苹果之类的幸运水果。不过需要注意的是，种子种进去以后，如果没有持续给花盆的两只手提供合适的物品，它们就无法继续进行培育，长出的植物也很快会枯萎。建议提前准备好充足的物品。

第 4 章

栖息在小朋友身上的是……

那天放学后，伊莎娜兴高采烈。这不仅因为门可罗雀的便便带来的霉运被破除了，还因为千种邀请她去做客。千种说："放学后来我们家的咖啡店吧，今天请你吃焦糖松饼，感谢你帮我们抓到魔物。"

伊莎娜感觉很幸福，认为这或许也是幸运苹果带来的福气。

于是，班会一结束，她就像出膛的子弹一样冲出教室，风风火火地跑回家。她扔下书包，对妈妈喊了一句"我出去了！不用给我准备点心"，便往千种家的咖啡店跑去。

马上就可以吃到好吃的焦糖松饼了，光是想想，伊莎娜就直流口水。太幸福了！她按捺不住内心的喜悦，一路上都蹦蹦跳跳的。

但是，快到千种家的咖啡店的时候，伊莎娜注意到一件事情，不得不停下了脚步。

一个小男孩正独自迈着大步走在街上。他应该刚从幼儿园放学，还穿着蓝色的制服，戴着黄色的帽子。

伊莎娜认出他是邻居家的小嘉。但是，她没有看到小嘉的父母。小嘉只有四岁，这么小的孩子不应该独自走在马路上啊。马路上汽车和自行车来来往往，真的很危险。

伊莎娜无法对此视而不见，急忙跑过去叫住了小嘉。

“小嘉！”

“啊，伊莎娜姐姐，你好。”

“嗯，你好。小嘉，你怎么一个人在这儿啊？

你妈妈呢？”

“不知道。”小嘉漠不关心地耸了耸肩，“我要一个人从幼儿园回家。每天都让妈妈接送，太麻烦了。”

“什么？那你是悄悄从幼儿园出来的吗？这样可不好。”

“这有什么关系。”小嘉哼了一声，“我自己可以做任何事。而且，我不喜欢有人围着我转。我想离家出走，一个人生活，那样会更有趣。”

“呃……小嘉，你在说什么？”

“所以，伊莎娜姐姐，别再和我说话了。你很烦人。”

伊莎娜呆立在原地。她认识的小嘉很可爱，虽然胆小，但是很爱撒娇，而且从不会这样冷漠地对待别人。

突然，伊莎娜似乎意识到了什么，脸色一下变得惨白。

“难道你身上也有魔物？”

“你在说什么？总之，我要走了。我不能在这里磨蹭。我得赶紧回家，在妈妈回来之前做好离家出走的准备。”

小嘉说了声“再见”便走了。

伊莎娜想要留住他，但转念一想，放弃了。

如果是魔物的原因，那只凭自己可无法应对，得叫千种来才行。可是叫来千种就能救小嘉吗？毕竟今天已经把眼镜的效力用完了，看不见魔物可是一点儿办法都没有。而且，自己也不确定小嘉身上是不是真的栖息着魔物。

经过一番苦思冥想，伊莎娜终于想到了一个好办法。

“对了！让冒失鬼老师看看吧！”

伊莎娜掉转脚步，急匆匆地赶回了学校。她冲进校医室，一把抓住了昏昏欲睡的冒失鬼老师。

“啊！哎呀，怎么了，松谷同学？”

“抱歉，老师，请跟我来一下！”

“去哪儿啊？啊——！喂！别跑这么快！我会头晕的！”

“抱歉，情况紧急，请您忍耐一下！”

“啊——！这……这是绑架啊！”

“反正现在您也不是真正的人！”

伊莎娜抓着尖叫的冒失鬼老师，不管不顾地跑了起来。一直跑到小嘉家门口，她才终于停了下来，躲在一旁电线杆的阴影里。

伊莎娜一边观察小嘉的家，一边简短地向冒失鬼老师说明情况。冒失鬼老师筋疲力尽地瘫在伊莎娜的手中，但听完伊莎娜的话，她的眼睛发出了光。

“这……确实很奇怪。”

“对吧，像是魔物干的。”

“很有可能。好，我们继续监视吧。对了，那孩子还在家里吗？”

“应该还在，不过……”

“你没提前确认一下吗？真是的，松谷同学，你太粗心了。”

“冒失鬼老师，您有什么资格说我？！”

这时，小嘉从家里走了出来。他背着一个鼓鼓的背包，脸上带着自信的表情。

伊莎娜觉得他是真的打算离家出走。

“啊，糟了。小嘉的妈妈不在家吗？”

就在伊莎娜焦灼不安的时候，冒失鬼老师突然低声说道：

“那孩子身上确实有魔物。”

“果然！是什么魔物？”

“是孤狼。”冒失鬼老师皱着眉头叹了口气，“被孤狼栖身的人，什么事都想自己做。如果只是这样还好，但糟糕的是，他们还会渐渐变得无法忍受和别人在一起。”

“的确，小嘉说过，他讨厌身边有其他人。”

“嗯，他受到的影响相当严重。我们必须赶快除掉这只魔物。松谷同学，眼镜呢？”

“那个……老师，我刚才告诉您了，眼镜今天的效力用完了，所以我才特意带您来的。”

“啊，对对对，嘿嘿。”

冒失鬼老师笑着掩饰自己的健忘，然后清了清嗓子。

“我知道了。那么，就让我来当你的眼睛。按照我说的做，好吗？”

“好的。”

“你悄悄地跟在那孩子后面，注意不要被他发现了。”

伊莎娜按照冒失鬼老师的指示，悄悄跟在小嘉身后，并逐渐拉近距离。小嘉只顾向前走，完全没有察觉身后有人跟着。不一会儿，伊莎娜就离他很近，伸手便能碰到他了。

“好极了！伸出手来！啊，不对，不是肩膀，是头上，孤狼正在咬这个孩子的头发呢。再向左一点儿！太过了！向右边一点儿……斜上方！”

“这里？”

“不不，偏了……再低一点儿，往下一点儿。”

冒失鬼老师趴在伊莎娜的肩膀上，喋喋不休地指挥着。伊莎娜有些恼火，但为了小嘉，她还是暂时把火压了下去。

终于，冒失鬼老师说：

“好极了！保持这个姿势，把手往前伸！就这样！抓住它！”

伊莎娜用手做了一个抓握的动作。然后，她感觉自己抓到了一个毛茸茸的东西。虽然看不见，但她确实抓住了什么。

“成功了！抓到它了！松谷同学，快点儿说魔法咒语！”

“孤……孤狼，我找到你了！”

突然，伊莎娜手中的东西变小了。

她慢慢地打开拳头，发现手心里有一颗银色的小球。

“这是孤狼的魔气……是我目前见过的最漂亮的魔气。”

“漂亮不漂亮都无所谓。啊，这下终于可以弥补失去门可罗雀魔气的遗憾了……你可千万不要再把它踩碎了！”

“我才不会犯同样的错误！我又不是冒失鬼老师！”

“啊，你竟然这么说！太嚣张了！”

冒失鬼老师生气了。

这时，前方突然传来轻微的哭泣声。

是小嘉。孤狼消失后，他清醒了过来。

“妈妈！你在哪里？！”

“啊，小嘉。没事的，没事的，我马上送你回家。来，给你看小仓鼠！别哭了，好吗？”

“等一下，松谷同学！你这是把我当成儿童玩具了吗？！”

“好啦，老师，您忍一下吧！”

“我不喜欢小男孩，他们的手总是黏糊糊的。”

“呜呜呜！我要妈妈！”

“小嘉，别哭了，没事的。来，我们回家吧。”

一路上，伊莎娜费了好大的劲才把哭泣的小嘉哄好。他们走到小嘉家门口时，正好碰到了小嘉的妈妈。

小嘉的妈妈一见到小嘉就飞奔过来。她听说小嘉从幼儿园失踪了，便急忙四处寻找。看到小嘉平安回来，她心里的大石头终于落地了。她再三对伊莎娜表示感谢。

“太谢谢你了，伊莎娜！如果不是你把他带回来，我真不知道小嘉会怎么样……”

“举手之劳而已。我该走了。”

“好。之后我再好好向你道谢。”

“没事，不用那么客气。再见，小嘉。下次不要再随便跑出幼儿园了。”

伊莎娜和小嘉母子分别后，又回到了学校。这次，她是为了把孤狼的魔气球放入茶壶。

把银色的魔气球放入茶壶的瞬间，壶身上就浮现出了金色的三角形和圆形。它们和上次浮现的银色文字交错重叠，形成了美丽的图案。

“好漂亮啊……冒失鬼老师，这些就够了吧？”

“什么什么，魔法阵也浮现出来了吗？不过，还不够。”

“还需要再抓一只魔物吗？”

“嗯，我们再一起找会儿吧。由我当你的眼睛，我们一定可以抓住的。”

“可是……我感觉这样抓很麻烦，明天再说吧！啊！对了，我还要去千种家的咖啡店！如果不快点儿，焦糖松饼就卖光了！”

“焦糖松饼！”

冒失鬼老师眼睛一亮。

“松谷同学，带我一起去吧！说不定雪村同学家里还有魔物呢。”

“您虽然嘴上这么说，但其实是想去吃焦糖松饼吧？”

“哈哈，被你发现了。带我去吧！我也很喜欢焦糖松饼！拜托啦——”

“不行！”

伊莎娜果断拒绝了。

“为什么啊！为什么只有你一个人能享用焦糖

松饼！”

“因为这是我应得的奖励。再说了，老师，千种家开的可是咖啡店，宠物禁止入内。”

“我……我不是宠物！”

“但是，您变成了仓鼠啊。您去的话会给店里添麻烦的，所以我绝对不能带您去。”

“太过分了！太过分了！我今天明明很努力！我这么努力，不应该受到惩罚，而应该得到奖励！”

“老师确实很努力，但我和千种更努力，对吧？”

“……”

“那么，这个话题到此为止。冒失鬼老师，明天见啦。”

不顾伤心哭泣的冒失鬼老师，伊莎娜独自离开了校医室。她前往千种家的咖啡店，终于吃到了心心念念的焦糖松饼。

孤狼

喜欢人类的孤独的魔物。被它栖身的人会变得喜欢独来独往，什么事都想靠自己完成，还会变得厌恶他人。如果不及早驱除，被栖身的人就会成为厌世之人。

第5章

秘密快藏不住了……

第二天清晨，伊莎娜一觉睡到自然醒。

一睁眼，她的心就怦怦直跳。

今天就是最后期限了，她必须在今天之内找到并抓住最后一只魔物，无论付出什么代价。

“但是……我真的能做到吗？”

一想到失败的后果，伊莎娜就食欲全无。

勉强吃了几口吐司后，她说了声“我去上学了”，就离开了家。

来到学校，伊莎娜先去了校医室，发现千种已经到了。让她惊讶的是，冒失鬼老师竟然醒了。

“冒失鬼老师，您起床了？我以为您肯定还在呼呼大睡呢！”

“我也很惊讶。我本来还拿了一个猫咪闹钟，以防老师醒不过来，结果完全没派上用场。”

“冒失鬼老师，这是怎么回事？”

“我反省过了。”冒失鬼老师的语气意外地谦卑，“我仔细想了想，之前我太过依赖你们两个人了。今天，我会尽力而为。请把我装在口袋里带着吧，这样你们就不用戴眼镜了，我看到了魔物自会告诉你们。”

“但是，冒失鬼老师，仓鼠不是夜行性动物吗？”

“昨晚我多睡了一会儿，现在不但一点儿也不困，还做好了充分的准备！我会全力以赴。不过，如果我找到了魔物，就奖励我吃雪村同学家的焦糖松饼吧。”

“这才是您的真实目的吧？”

“嘿嘿，有奖励的话，情绪就会一下子高涨起来。好了，我们出发吧！”

冒失鬼老师信心满满地宣布。

四小时后，午休时间。

伊莎娜气得浑身发抖。

“什么‘做好了充分的准备’，根本就是胡说八道！”

上课时，冒失鬼老师藏在伊莎娜的口袋里观察班上的同学，看他们身上是否有魔物存在。休息时，伊莎娜带着冒失鬼老师在校园里四处走动，在更大的范围内寻找魔物的踪迹。

她们原本是这样计划的。

可刚开始上课，冒失鬼老师就睡着了，无论怎么戳她、摇她都没用。现在已经到了午休时间，无论是千种放出“喵喵”的闹铃声，还是伊莎娜使出绝招——大喊“大魔女来了”，都无济于事，她就这样一直蜷缩在伊莎娜的口袋里呼呼大睡。

这让千种也露出了难以置信的表情。

“真是个麻烦的老师。”

“是啊！感觉她根本就不想变回人类！”

“嘘！小声点儿。”

“没事的，午休时间没人会来音乐教室。”

没错，吃完午餐的两人正躲在音乐教室里，重新商议着计划。

“不能再这样下去了。”

“是啊……虽然有点儿浪费，但我们还是用一下魔法眼镜吧……啊，不过，如果浪费了使用时间，等到抓魔物的时候用不了，那就麻烦了。”

“说起来，伊莎娜，魔法眼镜是每天只能使用一小时吗？还是每人每天只能使用一小时？”

“什么意思？”

“我是说，如果我和你加起来，总共可以使用两小时的话，情况就完全不同了。”

“啊，我明白了。不过这个要问老师才能知道。”

“看来只有叫醒她了。”

“要不要用针扎她一下试试？”

伊莎娜和千种最终没有做出那么极端的举动，还是用别的办法唤醒了冒失鬼老师。

“啊——哎呀，我是不是打瞌睡了？”

“不是打瞌睡，是昏睡，冒失鬼老师。”

“哎呀，真不好意思。哈哈哈。”

冒失鬼老师试图笑笑搪塞过去。这时，千种岔开了话题：

“先不说这个了，我有件事想问老师。这副眼镜是每天一共只能使用一小时，还是每人每天都能使用一小时？”

“这个我没说过吗？当然是每人一小时。我觉得最好是先由雪村同学用眼镜找到魔物，再由松谷同学戴上眼镜捉住它。”

“这种事情从一开始就应该说清楚啊！”

“就当我说过了，嘿嘿。”

冒失鬼老师吐了吐舌头。伊莎娜和千种感觉有些无力。唉，冒失鬼老师真是个马大哈。

不过，原本以为眼镜只能使用一小时，现在知道可以使用两小时，收获已经很大了。

千种拿起眼镜：“那么，我先戴上眼镜寻找魔物。辨认它们真实身份的事情就交给我吧，我很快就能搞定。”

说着，千种轻轻敲了敲放在一旁的《魔物大辞典》。千种非常喜欢这本辞典，尽管它又重又占地方，但她无论去哪儿都会带着它。

“我已经记住了大部分魔物的样子。一旦发现一只，我应该就可以马上查到它在哪一页。”

“那么，我的任务就是抓住它。很好，就这么办。”

“你们两个都很有干劲。”冒失鬼老师高兴地点了点头，“加油！你们两人齐心协力，一定可以办到。我要再睡一会儿。”

“等一下，冒失鬼老师！您还要睡？”

“难道您不打算帮忙吗？我们这么做都是为了您啊。”

“我当然也很想帮忙啦，只是我的身体现在不听使唤。我的脑子总是想着睡觉啦、吃葵花子啦这些事情。而且，把抓魔物的事交给你们两个，我很放心。这是我对你们的信任。”

看着哈欠连天的冒失鬼老师，伊莎娜和千种面面相觑。

“一点儿都指望不上冒失鬼老师。”

“嗯，确实，完全靠不住嘛。”

果然，还是要靠我们自己——她们暗下决心。

就在这时，砰的一声，音乐教室的门被打开了。由于门开得太过突然，伊莎娜、千种和冒失鬼老师都吓了一跳。

开门的是隔壁班的男生大悟。他激动得满脸通红，眼中闪烁着兴奋的光芒。

“我看到了！你们在和仓鼠说话！那只仓鼠就是冒失鬼老师吧！”

“不是的，大悟！”

“好啊，看你们鬼鬼祟祟的，我就感觉不对劲！这可是个大新闻，我要告诉大家！”

大悟兴奋地说着，转身一溜烟跑了出去。

回过神来，冒失鬼老师开始尖叫：

“快追！快追上他！”

“对，对。如果他把老师的秘密说出去，那可就糟了！”

“交给我！我去抓住他！”

“松谷同学，千万别让他跑了！这是个难得的机会！他身上有魔物！”

“真的吗？”

伊莎娜意识到绝对不能让大悟跑掉，于是撇下老师和千种，像射出的子弹一样冲出了音乐教室。

如果让大悟跑出去告诉别人，一切就都完了。

“休想跑！”伊莎娜拼命追赶在走廊上奔跑的大悟。她原本就是全年级跑得最快的，不一会儿就追上了。

伊莎娜伸出手，一把抓住大悟的T恤。

“呃！”

大悟脚下一个踉跄跌坐在地上。伊莎娜立刻反剪大悟的双臂，把他拽进了一旁的空教室里。

走廊上的同学们看到他们两个，都瞪大了眼睛。

“这是怎么回事？”

“伊莎娜和大悟怎么了？”

“他们要打架吗？”

“如果是在打架，还是去叫老师过来吧。”

大家议论纷纷。

这时，千种也赶了过来。她抱着沉重的《魔物大辞典》，喘着粗气向同学们摆摆手。

“那两个人没事的，他们只是在闹着玩。”

“哦，是吗？”

“什么嘛，白担心了。”

大家没有怀疑千种的话，因为千种一直品学兼优，很受大家信任。千种故作镇定地走进伊莎娜他们所在的教室。

大悟正被伊莎娜按在地板上动弹不得，伊莎娜甚至还用手帕堵住了大悟的嘴。

“啊，你终于来了。千种，你好慢啊。”

“我已经尽力追赶你了。先不管这个，你怎么能用手帕堵他的嘴呢！”

“我怕他把秘密喊出来，灵机一动就先堵上了。”伊莎娜得意扬扬地挺起胸脯。

“唉，没办法，谁让他被魔物影响了呢。”

大悟则一脸不甘心地抬头看着伊莎娜，发出“呜呜”的声音。

伊莎娜不理会他，对千种说道：“快让冒失鬼老师告诉我们栖息在大悟身上的魔物的真实身份吧。咦，冒失鬼老师呢？”

“在这里。”

千种从口袋中拿出仓鼠。看到双眼紧闭的冒失鬼老师，伊莎娜有些愤怒。

“又睡着了？真是的，我受够了！”

“不，我觉得老师是昏过去了。”

“昏过去了？为什么？”

“刚才你追大悟的时候，我也跟在后面跑。我跑的时候把老师放在了肩膀上，但老师好像没有抓稳……”

“也就是说，老师从你的肩膀上掉下来了？”

“对，我觉得她短时间内醒不过来了，还是我来查一下是什么魔物吧。”

千种说着，戴上了魔法眼镜。随即，原本看不见的东西显现了出来。

那魔物形似一匹马，但只有核桃大小，全身都是紫色的，有四只耳朵和六条长长的腿，还长着一对类似苍蝇翅膀的东西。它有七只眼睛，分布在头部、脖子和肚子两侧，每一只都滴溜溜地转着。

这个奇异的生物不停地在大悟身边飞来飞去，不时用蹄子踢他的腿，还在他耳边嘶嘶地叫。

每当被魔物踢到时，大悟的身体都会抽搐一下。被魔物碰到的地方，就好像想要脱离身体的控制，自己动起来一样。

“怎么样？看到什么了吗？知道它的真实身份了吗？”

“嗯，知道了。”千种点了点头，“我在辞典上看过这家伙的画像。它的名字应该是……起哄马。”

千种急忙翻开手中的《魔物大辞典》。不到十秒，她的手就停了下来。

“啊，找到了！就是起哄马，没错！‘起哄马，一种喜欢秘密和骚乱的魔物。被它栖身的人总想窥探别人的秘密，还喜欢围观吵架、火灾等事情……’说起来，大悟这家伙不久前确实突然变得八卦起来，什么都要问一下，大家都很烦他。比如前段时间，还在上课呢，他说听到了消防车的警笛声，就跑出了教室。那时候他应该就被起哄马栖身了。”

伊莎娜点了点头，表示赞同。

“那么，把眼镜给我吧，我来抓起哄马。”

“那就拜托你了。这家伙比门可罗雀还要灵活，我肯定抓不住它。”

“等等，我先确认一下，它不会像门可罗雀那样排便吧？”

“应该不会。”

“真的吗？你确定吗？”

“你放心好了，我刚才把有关起哄马的内容仔细读了一遍，没有什么需要注意的。”

伊莎娜终于放心了。她戴上眼镜，准备大干一场。

正如千种所说，起哄马比门可罗雀灵活得多。它像苍蝇一样飞来飞去，还对伊莎娜发出嘶嘶的嘲笑声，让人非常生气。

“给我停下！”

啪！

伊莎娜像拍蚊子一样，把起哄马夹在了两手之间。哈哈，终于抓住它了！

“起哄马，我找到你了！”

下一秒，起哄马就变成了一个紫色的小球。

就在同一时刻，大悟仿佛失去了全身力气，瘫倒在地。

“怎……怎么了，大悟？”

“不会吧，他晕过去了？为什么会这样？”

伊莎娜和千种急忙将大悟搀扶起来，取下堵住他嘴巴的手帕，然后轻拍他的后背。终于，大悟睁开了眼睛。

大悟看着伊莎娜和千种，一脸困惑。

“咦？伊莎娜？千种？你们在干什么？”

“大悟，你没事吧？”

“什么没事？呃……话说，这是哪里？”

“啊？”

千种怕伊莎娜说漏嘴，急忙低声说道：

“看来，起哄马消失后，他的记忆有点儿模糊了……那个，大悟，你刚才在和伊莎娜玩游戏呢。”

“我和伊莎娜？”

“对。你跑进这个教室，结果不小心摔倒了，晕了过去。”

“是吗？我完全不记得了。这就是所谓的失忆吗……我去校医室让冒失鬼老师给我看看吧。”

听到大悟这么说，伊莎娜心里一阵紧张。

“那个，大悟，你还记得仓鼠的事情吗？”

“仓鼠？什么仓鼠？”

“啊，没事！你快去校医室吧。”

“好的，我这就去。”

大悟离开后，伊莎娜和千种相视一笑，各自松了一口气。

“呼——真是千钧一发啊，伊莎娜。”

“是啊。但是能从大悟身上抓住起哄马真是太好了，这样他就不会被同学们讨厌了吧？”

“没错，而且他好像还忘记了冒失鬼老师变成仓鼠的事情，真是一举两得。最重要的是，我们需要的魔气也收集齐了。”

这样就可以让冒失鬼老师恢复原状了。

两人相视一笑。

起哄马

一种喜欢秘密和骚乱的魔物。被它栖身的人总想窥探别人的秘密，还喜欢围观吵架、火灾等事情。如果被起哄马的鼻息刺激了耳朵，或者被它的蹄子踢到腿，人就会变得坐立不安。而且，被起哄马栖身的人会逐渐被别人排斥，最后变成孤家寡人。

第 6 章

魔法被破解时……

那天放学后，伊莎娜和千种直奔校医室。冒失鬼老师仍然昏迷不醒，但千种记得密码，所以她们不费任何功夫就进入了魔女的房间。

伊莎娜将起哄马的魔气球放入茶壶中。随即，茶壶变成了鲜亮的绿色，接着又发出嘟嘟嘟的声音，仿佛在唱歌。看起来，茶壶现在充满了能量。

“看来魔气已经足够了。”

“好像是的。接下来，我们需要让冒失鬼老师醒来，告诉我们下一步该怎么做。”

然而，冒失鬼老师还是怎么都醒不过来。不知是因为头部受到重击还没恢复，还是因为她真的变成了仓鼠。

不管是哪个原因，情况都很糟糕。伊莎娜和千种脸色苍白。

“怎么办，千种？”

“如果一直这样等下去，可能就来不及了……伊莎娜，我们自己来破解魔法吧。”

“好。可是，我们该怎么做呢……”

“我有办法。”

千种从魔法书架上取出一本有黑色封皮的书。这本书十分古老，皮质封面上刻着奇怪的图案。

“这是《魔法之书》，也是魔女的教科书，之前老师告诉过我。我想，这里面应该记载着破解变身魔法的方法。”

“原来如此。那我们赶紧翻翻看。”

“嗯。”

千种飞速翻阅着魔法书，大约翻了一半之后，找到了关于“变身魔法”的内容。

“就是这个！”

“找到了吗？”

“等一下……嗯……开头的部分只记载了如何变身。”

“那就没什么用了。”

“但是，既然有变身魔法，就肯定有破解变身魔法的方法……啊，找到了！”

千种激动地念出那部分内容：

“‘在魔法锅中烧水，放入一把幽灵草、三颗干燥的骷髅草莓和四个魔鬼蜗牛壳，熬制一会儿后再加入两颗宝石樱桃，就能制成可破解变身魔法的魔法汤。把中了变身魔法的人泡入魔法汤中，即可使其恢复原状……’”

“就是这个！”

“‘……另外，为了确保在变身魔法失败时也能立即恢复原状，应事先在魔法锅中制作好魔法汤。’

书上是这样记载的。”

“如果冒失鬼老师之前能做到这一点，我们就不用这么辛苦了。”

“完全同意。不过，现在我们已经知道了方法，开始熬汤吧，伊莎娜！”

伊莎娜看着眼睛闪闪发光的千种，点了点头。但这时，她突然想到了什么。

“可是老师说过，没有魔气的人是无法点燃魔法锅的，所以才一直让我们从魔物身上收集魔气……”

“对了，我记得《魔法之书》中记载着魔气耗尽时的应对方法。应该在最前面……啊，找到了！看看是什么……‘当收集到足够多的魔气，使茶壶变绿时，放入三片月牙茶叶，慢慢数到十，然后将里面的液体倒入杯中喝下，这样就能立刻获得魔气。’月牙茶叶在哪里？魔女的房间里肯定有。”

千种不太自信地环顾了一下房间。想在这里找到想要的东西，需要花费很长时间，在这个过程中就可能把时间耗尽。

这时，伊莎娜突然想到了一个办法。

“对了，替身老师应该知道吧？请她来帮忙找月牙茶叶吧。”

“嗯，好主意。不仅是月牙茶叶，我们还得找到制作魔法汤的材料。替身老师，请过来一下！那么，找材料的事就交给我和替身老师吧。伊莎娜，往大锅里倒水的活儿就由你负责，好吗？”

“好。”

伊莎娜说干就干。她拿起一旁的水桶，离开了魔女的房间。校医室里有一个洗手台，可以从那里接水。

伊莎娜提着水桶穿梭在魔女的房间和校医室之间。由于魔法锅非常大，她要提很多桶水才能把它装满。

当大锅里的水终于装到三分之二时，伊莎娜的胳膊和手都开始痛了。

“这些水够不够？”

“嗯，我觉得够了。辛苦了。我们这边也找到了所有需要的材料。看来冒失鬼老师的整理能力也很差，我们找起来真是费了不少劲。”

伊莎娜看到桌上已经摆放好了一捆草和两个玻璃瓶，其中一个瓶子里塞满了核桃大小的红黑色骷髅和色彩鲜艳的蜗牛壳，另一个装满了圆形宝石。这些宝石边缘是红色的，中心呈淡粉色，美得让人移不开眼睛。

“这些青白色的草是幽灵草，红黑色骷髅是骷髅草莓，这几个有蓝金条纹的是魔鬼蜗牛壳，而这个瓶子里的是宝石樱桃。”

“这是樱桃？我还以为是宝石呢！”

“我一开始也以为是宝石呢。还有昨天种的幸运苹果，也很像宝石。看来魔女的世界里有很多漂亮的水果啊。”

“如果可以生吃，我想尝一颗。对了，月牙茶叶呢？”

“在这个盒子里。”

千种拿起一个小盒子。伊莎娜打开盖子一看，里面装满了银色的枯叶。枯叶像隆冬时节盛开的水仙花一样美丽，还散发出浓烈的香气。

“那我们开始吧。”

“嗯，来吧，千种。”

伊莎娜用颤抖的手打开了茶壶的盖子，千种往茶壶里放了三片月牙茶叶。

盖上盖子，两人慢慢数到十，然后将茶壶中的液体倒入旁边的小杯子里。

虽然没有加水，但茶壶中流出了黏稠的液体，像熔化的金子一样闪闪发光。坚果般的香气和辛辣作

料般的气息很快弥漫了整个房间。

壶中的茶刚好倒满一杯，接下来只需要把它喝下去。

这时，两人都犹豫了。她们清楚茶的原料是魔物，所以喝下去需要很大的勇气。

她们互相看着对方。

“谁来喝？”伊莎娜问。

“我觉得应该由你来喝，毕竟最先被冒失鬼老师看中的是你。”

“你真是太狡猾了！”

“再说，我的体力也不好，就算我能使用魔法，也发挥不了多大的力量。我觉得我更适合当助手。”

“体能和施魔法好像没什么关系吧？”

最终，两人还是决定由伊莎娜来喝茶。让头脑聪明的千种在一旁帮忙，即使发生什么意外，伊莎娜也会感到很安心。

“那……我喝了。”

“嗯。”

伊莎娜闭上眼睛，猛地把杯子举到嘴边，一口气将茶水灌下。一股浓烈的苦味在口腔中蔓延，但伊莎娜还是强忍着将它咽了下去。

“咯，咯咯。好难喝！这个超级难喝！好苦！”

“伊莎娜……”

“水！快给我水！”

“伊莎娜……”

“怎么了？就应该让你来喝！”

“你的身体在发光！”

“啊？”

没错，伊莎娜全身散发着淡淡的金色光芒——与其说是光，倒不如说是透明的火焰正在她周身熊熊燃烧。

“感觉如何？”

“有点儿痒，整个身体都很暖和……就像喝了热腾腾的甜酒一样。难道说……我现在可以使用魔法了吗？”

“我想应该是的。”

“啊——我感觉越来越热了。”

伊莎娜抱着双臂蹲了下来。她感觉如果不这样做，自己可能会爆炸。

“千种！接下来该怎么办？快告诉我！”

现在，伊莎娜连呼出的气息都变得灼热起来。

千种大惊失色，拼命翻着《魔法之书》。

“找到了！‘基础魔法之点燃魔法锅的方法’……施法人要站在壁炉前，一边在脑海中想象着熊熊燃烧的大火，一边伸出手，大声喊：‘召唤火焰！’伊莎娜！去壁炉那里！”

“嗯，好。”

伊莎娜摇摇晃晃地走向壁炉，将手伸到冰冷的魔法锅下方，在脑海中想象着火焰。然后，她感觉有一股力量迅速聚集到了手上，手开始膨胀，犹如被火烧一般。

“召唤火焰！”

伊莎娜话音刚落，一道光芒从她的掌心射出，击中了壁炉的底部。

随即，一团绿色的火焰猛地燃起。熊熊火焰包裹着魔法锅底部，不断为它加热。

做完这一切，伊莎娜有些虚脱，摔倒在地。千种紧紧抓住她的肩膀。

“做得好！真棒，伊莎娜！你的身体不再发光了。你感觉怎么样？还发烫吗？”

“不烫了，我已经没事了，但是好累啊。千种，我刚刚好害怕。”

“别怕。我去把材料放入魔法锅中，你先休息一下。”

"好。"

魔焰的力量使锅中的水迅速热了起来。

千种按照魔法书上的指示，麻利地在锅中放入一把幽灵草、三颗干燥的骷髅草莓和四个魔鬼蜗牛壳。之后煮一会儿，就可以放宝石樱桃了。

就在千种放入宝石樱桃的瞬间，大锅中的水变了颜色，从无色变成了鲜艳的橙色。

"啊，看起来像橙汁一样！"

"但闻起来像芝麻粉。这样应该可以了吧？"

"那我们把冒失鬼老师放进去试试？"

为了避免自己接触到魔法汤，千种把冒失鬼老师放在了一个长柄大勺中。此时，冒失鬼老师仍然昏迷不醒。

"好，我要开始了。"

千种小心翼翼地将勺子放入锅中，紧张得脸色发白。

伊莎娜也屏住了呼吸。

如果失败了怎么办？不安的念头不断在两人的脑海中闪过。

勺子沉入水中，仓鼠也淹没在了魔法汤中。突然，千种向前一倾。

“啊！”

“怎么了，千种？”

“勺子突然变得很重，感觉被什么东西坠着，我快拿不住了！”

果然，下一秒，千种手中的勺子掉了下去。

冒失鬼老师沉到了锅底！如果不快点儿把她捞起来，她可能会溺水！

伊莎娜抓起旁边的扫帚，试图在锅中搜寻。

突然，锅内水花四溅。接着，冒失鬼老师从里面跳了出来。

“啊啊啊！好烫！好烫！烫死我了！”

冒失鬼老师一边尖叫，一边在地上滚来滚去。只见她身上穿着白大褂，长发湿漉漉的，全身沾满了橙色的魔法汤。

显然，她已经恢复了人形，仓鼠的样子已不复存在。

伊莎娜和千种感慨万千。

“老师！”

“太好了！您终于恢复原状了！”

“哪里好了！”

冒失鬼老师突然转过身来，瞪大了眼睛。

“你们这两个坏蛋！为什么把水烧得那么热?！你们就不能等水不那么烫了再让我进去吗?！啊，真是的！我差一点儿就变成煮熟的魔女了！你们俩能不能小心点儿啊！”

这话说得有些过分。这段时间，她们虽然被冒失鬼老师折腾得团团转，但还是拼命帮忙。

“冒失鬼老师……”

“您怎么这样……”

两人小声嘟囔着。冒失鬼老师似乎突然意识到了什么，脸涨得通红。

“我……我不是不感激你们。我是真的很感谢你们！多亏了你们，我才没有彻底变成仓鼠。谢谢你们！”

“现在才说谢谢，也太晚了。对吧，千种？”

“是啊。您刚才的那些话可无法收回，冒失鬼老师。”

“哎呀，你们两个别生气啦。我真的很感激你们。我只是有些冒冒失失的。刚才的疏忽，就当是个小失误嘛……啊，对了，我给你们糖果，很多很多的糖果！所以……可以原谅我吗？”

于是，伊莎娜和千种各自抓了一大把糖果，手里都快放不下了。她们离开校医室之前，冒失鬼老师还嘱咐她们："这件事不要告诉任何人。"

回家的路上，伊莎娜突然说道：

"冒失鬼老师真是个马大哈。不过，她人也不赖，我还以为会被她抹去记忆呢。"

"我也是这么想的。为了保守秘密，抹去我们的记忆是最快的方法。作为魔女，她肯定知道这种魔法。"

"也许……"千种压低了声音，"也许她故意没有抹去我们的记忆。可能以后再有事情发生时，她还想让我们帮忙呢。"

"呀，那她不是冒冒失失，而是很精明啊。"

"嗯。老师可能比我们想象的还要狡猾……我们以后还是多留点儿心比较好。"

"对，谁知道她还会搞出什么幺蛾子。"

伊莎娜和千种决心继续留意冒失鬼老师的动向。

《魔法之书》

魔女必备的魔法书，也是新手魔女的教科书。书中记载了所有的基础魔法和魔法界的常识。对魔女们来说，这是最重要的一本书，因此必须珍惜并严格地加以保护。如果这本书遗失或者被人类看到，魔女将会受到严厉的惩罚。

就这样，冒失鬼老师的“变身”风波落下了帷幕。

正如伊莎娜和千种料想的那样，自此之后，冒失鬼老师还是经常惹出一些出人意料的麻烦，然后哭着向两人求助。

这些事情，我们下次再聊。

著作权合同登记号 图字：01-2025-2898

图书在版编目（CIP）数据

我的老师是魔女！. 1，魔力满满的校医室 /（日）广岛玲子著；（日）平井贵子绘；张君蕊译. -- 北京：北京科学技术出版社，2025. -- ISBN 978-7-5714-4745-8

Ⅰ. I313.84

中国国家版本馆 CIP 数据核字第 202589JU02 号

策划编辑：梁 琳
责任编辑：李珊珊
责任校对：贾 荣
封面设计：沈学成
图文制作：天露霖文化
责任印制：吕 越
出 版 人：曾庆宇
出版发行：北京科学技术出版社
社　　址：北京西直门南大街 16 号
邮政编码：100035
电　　话：0086-10-66135495（总编室）　0086-10-66113227（发行部）
网　　址：www.bkydw.cn
印　　刷：天津联城印刷有限公司
开　　本：889 mm × 1194 mm　1/32
字　　数：62 千字
印　　张：5.125
版　　次：2025 年 7 月第 1 版
印　　次：2025 年 7 月第 1 次印刷
ISBN 978-7-5714-4745-8

定　　价：35.00 元